AF349470

LES PETITES MAINS TERRIBLES

(Extrait du Moniteur des Enfants.)

— Au secours! au secours! criait une petite voix d'enfant.

— Ah! grand Dieu! s'écria avec épouvante une femme plongée dans un grand fauteuil, c'est la voix de Séraphine!

Elle regarda vivement par la fenêtre ce qui se passait dans le jardin d'où partaient les cris; car elle habitait le rez-de-chaussée d'une maison de la rue Madame, et dans cette partie du faubourg Saint-Germain on se permet encore d'avoir çà et là quelques rares jardins.

Elle aurait donné tout au monde pour courir au secours de l'enfant, mais hélas! elle était vieille, bien vieille; ce n'était pas seulement la grand'mère, c'était la bisaïeule de Séraphine. Les pauvres jambes de la vieille femme ne pouvaient faire aucun mouvement; elles n'avaient aucune chaîne apparente cependant, mais elles étaient liées par une chaîne invisible qui s'appelle la paralysie. Ces tristes choses arrivent souvent aux vieillards, aussi faut-il leur donner beaucoup de caresses, pour les consoler : ils se sentent renaître et rajeunir, au milieu de leur petite famille, et il leur semble que, par miracle, ils courent, ils sautent, ils dansent avec les pieds de leurs petits-enfants.

Mais, dans ce moment, l'inaction de la vieille femme était pour elle une torture. Les cris de son arrière-petite-fille se rapprochaient de plus en plus; ils ne partaient plus du jardin, mais de l'appartement, et la bisaïeule était dans sa chambre et ne pouvait pas quitter son grand fauteuil!

— Au secours! cria encore la petite fille.

Et ce cri était si déchirant qu'il redoubla le supplice de la pauvre femme.

Elle appela de toutes ses forces les domestiques, qui ne vinrent pas, et vit tout à coup Séraphine entrer dans sa chambre tout épouvantée.

Séraphine n'avait que six ans; son frère, un grand garçon de huit ans, bien plus fort qu'elle, tenait d'une main les deux tresses blondes de Séraphine, et de l'autre agitait une grande paire de ciseaux.

— Je ne veux pas que tu coupes mes cheveux, disait la petite fille, en se débattant; ils sont à moi, tu ne les prendras pas!

— Laissez votre sœur, petit bandit! criait la grand'mère, en faisant mille efforts pour se lever. Je vous l'ordonne, entendez-vous?

— Je les veux, moi, ses nattes, répondait le petit Robert; j'en ferai faire un chignon pour la comtesse de la Maraudière : papa dit qu'elle porte de faux cheveux, ça lui servira.

— A moi! à moi! criait la petite Séraphine.

— Non, je suis le voleur de cheveux. Papa a lu dans le journal qu'on a coupé au Luxembourg les tresses d'une petite fille; c'est moi qui suis le brigand... Gare aux ciseaux !

La petite fille se débattait, la bisaïeule jetait des cris, enfin M. de Brémont, le père des deux enfants, accourut au bruit et arracha les ciseaux des mains de l'enfant terrible.

— Comment, petit misérable! s'écria-t-il, tu allais couper les cheveux de ta sœur!

— Oh! dit l'enfant stupéfait que l'on pût

avoir cette pensée, tu ne crois pas cela, papa? je voulais lui faire peur, voilà tout; histoire de rire.

— On ne rit pas avec les larmes des autres, répondit M. de Brémont d'un ton sévère. D'ailleurs, dans ta petite main maladroite, les ciseaux auraient pu causer quelque grand malheur, peut-être éborgner ta sœur qui, en se défendant, pouvait te pousser le bras et t'imprimer un faux mouvement. Tiens, vois le mal que tu as fait; regarde comme ta sœur est pâle, comme ta bisaïeule est tremblante; qui sait si cette grande frayeur ne lui causera pas quelque maladie grave?

Robert fondit en larmes à cette seule pensée, et sauta au cou de sa sœur et de sa bisaïeule, comme pour les guérir avec ses baisers.

Séraphine était une adorable blondine, un petit ange qui méritait bien son nom, pris dans le ciel; mais au lieu d'être la sœur d'un séraphin, comme le disait ce nom de Séraphine, elle avait pour frère un petit démon.

Robert, que dans la maison on avait surnommé Robert le diable, n'était, à vrai dire, qu'un petit diable rose, qui n'avait rien de féroce et se repentait bien vite du mal qu'il avait fait. C'était un cœur d'or et une tête de vif-argent.

Les deux enfants n'avaient pour les élever que leur père et madame Duplessis, leur bisaïeule, car leur mère était morte toute jeune encore. Or la bisaïeule, comme on l'a vu, était infirme et ne pouvait pas les surveiller; elle se bornait à les aimer, et s'acquittait de cette tâche de toute son âme.

Vous comprenez qu'elle avait dû tripler son cœur, puisqu'elle représentait trois mères.

M. de Brémont idolâtrait aussi ses enfants; mais lui seul dans la maison représentait l'autorité, lui seul savait se faire craindre de Robert. Quand l'enfant venait de causer quelque nouveau désastre, son père avait une manière de lui parler, et surtout de le regarder, qui le faisait frémir et le ramenait sur-le-champ à l'obéissance.

Robert le diable faisait tant de vacarme dans la maison que l'on n'aurait jamais pu croire qu'un si petit être fît un si grand tapage. Après cela, vous me direz qu'un bourdon, qui n'est cependant qu'un insecte, remplit toute une chambre du bruit de ses ailes.

Le grand défaut de Robert était de toucher curieusement à tout ce qui se trouvait sous ses petites mains terribles : les remontrances, les punitions, rien ne pouvait l'en empêcher. Il promettait bien d'être sage, il en avait l'intention, mais il recommençait à la première occasion. On vous a souvent parlé des démolitions de Paris ; le petit Robert entreprenait, lui, les démolitions d'appartements : il prenait les vases de porcelaine de Chine, pour les regarder de près, et comme il était très-maladroit, il les laissait tomber et les brisait en morceaux ; il montait les pendules et en cassait le ressort ; il assassinait (n'ayez pas peur de ce grand mot), il assassinait les poupées de Séraphine, il leur donnait de grands coups de poignard avec son canif, pour savoir ce que renfermait leur corps, et il avait déjà répandu plus de son dans sa vie que les grands meurtriers n'ont répandu de sang.

Un jour, son père, M. de Brémont, pour récompenser Séraphine de sa sagesse, l'emmena faire une visite dans une maison où elle devait trouver de petites amies. Comme Robert avait l'habitude, dans toutes ses visites de politesse, de grimper sur les chaises au lieu de s'y asseoir, de déchirer les images des beaux livres qu'on lui donnait à feuilleter et de briser les jouets des enfants du logis, son père l'avait laissé prudemment à la maison.

Or, lorsque Robert restait au logis, si on le cherchait dans l'appartement, on était toujours sûr de le trouver près de sa bisaïeule, qui était son idole. Ce jour-là, comme à l'ordinaire, il était dans la chambre de madame Duplessis. La pauvre paralytique, toujours condamnée à rester dans son grand fauteuil, oubliait ses souffrances en regardant son petit-enfant : c'était pour elle comme un petit docteur couleur de rose ; il apaisait tout de suite ses douleurs avec des baisers, qui valaient mieux que toutes les potions du monde.

Or l'enfant gazouillait, babillait, tournoyait autour d'elle, et c'était plaisir de les voir ensemble. Rien n'est touchant à regarder comme un enfant et un vieillard : ni l'un ni l'autre n'est tout à fait de notre monde et n'en est au point où l'on est bien installé dans l'existence. L'enfant, qui souvent en est encore à l'A B C, commence à peine aussi à épeler le livre de la vie ; l'aïeule n'a plus d'assez bons yeux pour le lire. La couleur des cheveux même n'est pas ce qu'elle sera chez l'un, ce qu'elle fut chez l'autre. Le petit chérubin aux cheveux blonds sera peut-être plus tard un grand diable noir, aux moustaches féroces ; l'aïeule aux cheveux blancs fut peut-être une brune piquante ; mais la chevelure pâle de l'enfant et la chevelure blanche du vieillard parlent de l'avenir et du passé : on regarde l'une en souriant, comme la première pousse du printemps, et l'autre avec mélancolie, comme les feuilles d'automne qui nous disent que l'arbre se flétrit.

Robert courait dans la chambre comme un petit tremblement de terre ; il avait déjà renversé deux chaises, répandu et brisé une tasse de tisane. Il jouait du tambour, il chantait : *A mon beau château*, etc., etc. La vieille madame Duplessis fut forcée d'interrompre la lecture de son journal, car, au milieu de tout ce vacarme, elle n'y comprenait plus rien. Elle regardait l'enfant en souriant et lui disait bien doucement :

— Tu fais un peu de bruit, Robert.

Tout à coup il bondit jusqu'à elle et ramassa quelque chose qui était tombé à ses pieds ; c'était une paire de lunettes.

— Comme c'est drôle, disait l'enfant, de se mettre comme ça des verres sur la figure !

— Veux-tu bien laisser mes lunettes, dit madame Duplessis, tu vas les casser.

— Jamais, grand'maman !

— Avec cela que tu es adroit ! tu as de petites mains qui brisent tout.

Mais l'enfant indocile ne l'écoutait pas.

— Ça m'irait bien, dit-il en riant.

Et il planta les lunettes sur son frais visage, qui avait l'air d'une fleur sous le vitrage d'une serre.

— Voilà le vitrier! disait-il en se promenant dans la chambre, qui veut se faire poser des verres?

Mais les lunettes étaient bien grandes et le nez était bien petit; elles ne tinrent pas longtemps sur ce joli petit nez retroussé; elles dégringolèrent et les verres se brisèrent dans la chute.

— Ah! mon Dieu, dit madame Duplessis avec un cri douloureux, tu as brisé mes lunettes!... Oh! c'est bien mal! Je suis déjà assez malheureuse, je ne peux pas marcher; je pouvais au moins lire mon journal avec mes lunettes, qui étaient excellentes, et tu m'enlèves ma dernière consolation.

— Oh! pardon, pardon, grand'maman! dit l'enfant qui se mit à pleurer. Je t'ai fait de la peine,.. mais comment faire pour que tu n'aies plus de chagrin? Ah! dit-il subitement, en s'essuyant les yeux, je suis savant aussi, moi, je sais lire, écrire, je vais te lire le journal, grand'maman.

— Toi, mon petit Robert, lire le *Journal des Débats!*

— Certainement, puisque tu n'y vois pas bien; les petits-enfants, ce sont les yeux des grand'mamans.

— Cher petit ange! dit la bisaïeule attendrie.

L'enfant grimpa sur ses genoux, déplia le journal, qui pouvait à peine tenir dans ses petites mains, et lut gravement le compte rendu de l'Assemblée nationale. Ah! dame, les députés n'auraient pas été contents de l'entendre lire leurs grands discours! la diction n'était pas variée; la voix de l'enfant était comme une petite clochette un peu monotone, un peu aigrelette, qui n'avait absolument qu'un son; mais quand cette clochette-là sonnait à la porte du cœur de la bisaïeule, le cœur s'ouvrait tout de suite. Madame Duplessis écoutait l'enfant les yeux humides, la bouche souriante; l'éloquence des orateurs était perdue pour elle, ce jour-

là; elle était trop occupée du petit lecteur pour écouter les phrases qu'il lisait. Elle regardait les petites lèvres remuer, elle se mourait d'envie d'y poser un baiser, et tout bas elle remerciait le bon Dieu de lui avoir envoyé un petit ange pour lire le *Journal des Débats.*

Mais bientôt l'enfant interrompit sa lecture par des bâillements, et au bout de cinq minutes, il dit d'une voix à moitié endormie :

— Ah! grand'maman, comme ça m'ennuie le journal!

— Ça ne m'étonne pas, mon enfant, dit madame Duplessis. Allons, assez de lecture, de discours, de querelles politiques : embrasse-moi et que ça finisse.

— Ah! quel bonheur! s'écria l'enfant, qui reprit tout à coup sa vivacité, sauta par terre, et se mit à bondir dans la chambre, comme une balle élastique.

Il avisa le porte-allumettes, le prit sur la cheminée et le porta triomphalement en criant :

— Qui veut des allumettes chimiques? C'est gentil, continua-t-il, tous ces petits brins de bois, coiffés d'un chaperon rouge. Dis donc, grand'maman, le bon Dieu doit avoir dans le ciel de bien grandes boîtes d'allumettes chimiques pour allumer le soleil ?

— Mais le bon Dieu n'a pas besoin de cela, répondit madame Duplessis; tu as bien vu dans ton Histoire sainte qu'il lui a suffi de dire : «Que la lumière soit, » et la lumière fut.

— Ah! c'est vrai, dit Robert; comme ça, les allumettes ne sont que pour les maisons et ne servent qu'à mettre un peu de soleil au bout de nos chandelles! Dis donc, grand'maman, pourquoi ne veut-on pas me laisser allumer moi-même les flambeaux ?

— On a bien raison! s'écria madame Duplessis, veux-tu bien laisser ces allumettes!

— Tant pis, reprit l'enfant, sans l'écouter; puisque nous ne sommes que nous deux et qu'on ne me grondera pas, je vais allumer un flambeau.

— En plein jour! s'écria madame Duplessis.

— Ça ne fait rien. Je vais faire comme Sylvain, je vais frotter une allumette contre le mur.

— D'abord on ne frotte pas les allumettes contre le mur. Tu sais bien que Sylvain est le plus stupide de tous les grooms, et si c'est lui qui t'a donné cet exemple!... Allons, monsieur Robert, remettez tout de suite sur la cheminée le porte-allumettes, entendez-vous? Je le veux!

Mais Robert avait déjà pris un flambeau d'une main et de l'autre une allumette, qu'il frotta contre la boiserie; puis il la rejeta, sans s'inquiéter où elle tombait, aussitôt que la bougie fut allumée.

— Tu vois bien que j'ai réussi! dit-il d'un air triomphant, en remettant le porte-allumettes à sa place; ce n'était pas malin.

Mais tout à coup il entendit sa bisaïeule pousser un cri d'épouvante. Il se retourna et vit une grande flamme qui montait au rideau du lit. Le petit imprudent n'avait pas fait attention que l'allumette qu'il avait jetée sans l'éteindre, était tombée toute enflammée sur les plis de l'un des deux rideaux de mousseline qui entouraient le lit.

— Ah! mon Dieu! dit l'enfant, avec des cris aigus, le feu!...

Il essaya de souffler sur la flamme, comme lorsqu'on veut éteindre un flambeau, ce qui, bien entendu, ne servit qu'à la raviver. Une grande personne aurait cherché à étouffer la flamme en rassemblant les plis du rideau dans ses mains, au risque de se brûler, mais les enfants ne savent pas ce qu'il faut faire dans le péril. Le petit Robert, dans sa frayeur, se mit au contraire à agiter le rideau, et le feu monta comme la fusée d'un feu d'artifice.

La pauvre bisaïeule ne pouvait pas se lever pour fuir; la paralysie est cruelle, inflexible; ses jambes étaient comme mortes, quand son corps vivait. Elles lui refusaient le mouvement comme des servantes indociles qui ne font pas leur service; quand la malheureuse femme voulait se déplacer, il fallait qu'on la portât. Il était évident que, si l'on ne venait pas à son secours, elle serait la première victime du feu.

On se souvient que M. de Brémont était sorti avec Séraphine; les domestiques, sachant que madame Duplessis ne pouvait pas les surveiller, avaient profité de cette absence pour prendre un peu de récréation et faire l'école buissonnière. La bisaïeule et l'enfant se trouvaient donc seuls à la maison.

La flamme faisait déjà des courses folles sur le rideau; elle dansait, elle s'élançait, elle formait sur la mousseline des broderies d'or, et en même temps la déchirait et la mordait avec ses dents de feu.

La bisaïeule, toute frémissante, les prunelles dilatées par la frayeur, regardait les progrès de la flamme et faisait des efforts désespérés pour se lever; mais la paralysie la retenait, l'enchaînait, la rivait à son fauteuil,

— Sauvons-nous, grand'maman! cria l'enfant en s'élançant vers la porte.

— Mais je ne peux pas! dit la malheureuse femme, avec un cri dont l'angoisse déchirait le cœur.

— Ah! mon Dieu! dit l'enfant, c'est vrai!

Et il appela de toutes ses forces les domestiques pour que l'on emportât sa bisaïeule: mais personne ne répondit.

— Ils sont tous sortis, dit-elle avec désespoir. Fuis, mon enfant, fuis bien vite!

— Non, s'écria l'enfant, en revenant à elle résolûment; puisque personne n'est là, je t'emporterai, moi!

Et roidissant ses petits bras, comme s'il eût voulu en faire des barres de fer, il chercha à la soulever; mais c'était là des efforts de Lilliputien, qui n'aboutissaient à rien : le pauvre petit bras n'était pas aussi fort que le cœur de l'enfant, et il s'écria désespéré :

— Je suis trop petit, grand'maman!

Le feu avait presque consumé les rideaux et gagnait le lit. Le fauteuil en était éloigné, mais la pauvre femme, voyait le moment où le feu ferait de nouveaux progrès, et où ce fauteuil deviendrait son bûcher.

— Sauve-toi! cria-t-elle à Robert, au nom ciel! sauve-toi!

— Je me sauverai avec toi, grand'maman, répondit l'enfant, qui cherchait à pousser le fauteuil hors de la chambre.

Mais la bisaïeule était pesante, le fauteuil était lourd, et le pauvre enfant ne le faisait pas plus avancer que si l'aile d'un moucheron l'eût touché.

Le danger était imminent et les cris de la bisaïeule et de l'enfant devinrent si perçants que les domestiques, qui rentraient dans ce moment, les entendirent, devinèrent une catastrophe et s'élancèrent dans la chambre.

II

En voyant les flammes, qui, après avoir consumé les rideaux, commençaient à s'emparer du lit, ils furent épouvantés. L'un poussa vigoureusement le fauteuil dans la pièce voisine, l'autre emporta l'enfant dans ses bras, le petit groom alla chercher un seau d'eau, et le jeta sur le bois de lit qui s'enflammait.

Les deux autres vinrent ensuite l'aider dans son œuvre de sauvetage, et au bout de quelques instants, ils parvinrent à éteindre le feu.

Mais quand M. de Brémont rentra chez lui, quand il vit ce désastre et apprit ce qui s'était passé, vous jugez de son épouvante et de sa colère. Il fixa sur l'enfant un regard si foudroyant que le petit Robert se cacha le visage pour ne pas le voir.

— Petit malheureux ! s'écria-t-il, avec un ton si sévère que Robert se mit à trembler comme un roseau, vos petites mains terribles, qui veulent toucher à tout, malgré ma défense, ont mis le feu chez votre bisaïeule. Vous savez bien qu'elle ne peut pas se sauver, vous avez failli la faire brûler vive : mais c'est horrible, et vous devez frémir à cette seule pensée.

— Faire mourir une grand'mère... moi ! dit l'enfant, en fondant en larmes.

— Voilà ce que c'est que la désobéissance. Vous ne savez pas, vous, qu'une allumette peut mettre le feu à la maison : quand on vous défend d'y toucher, il faut obéir. Les enfants ne connaissent pas le danger; le bon Dieu leur a donné des parents pour le leur faire éviter.

Mais la bisaïeule parla du courage et de la tendresse de l'enfant, qui avait risqué sa vie pour la sauver, la petite Séraphine demanda en pleurant la grâce de son frère, et M. de Brémont (jugeant d'ailleurs que la terreur de Robert l'avait assez puni) finit par accorder le pardon du petit imprudent.

Depuis ce jour-là, Robert n'osa plus toucher aux allumettes : il savait par expérience que, malgré leur petit air inoffensif, ces sournoises-là sont de véritables incendiaires.

— Tout d'même, Monsieur Robert, lui dit Sylvain (le petit groom, qu'il avait pris en affection), sans nous, vous auriez brûlé. Comme dit quelquefois vot'papa : « qui trop *embrase* mal *éteint*. »

— Tu répètes de travers tout ce que tu entends, répondit Robert, en haussant les épaules. J'ai entendu dire à papa, « Qui trop embrasse mal étreint. »

Sylvain était un petit paysan d'une dizaine d'années, métamorphosé en groom et récemment sorti de son village. Robert prenait avec lui des airs de petit savant et riait aux éclats de ses balourdises. Il était sans cesse avec Sylvain ; il jouait avec lui à la toupie au cheval fondu, aux soldats : le petit groom était à la fois son camarade, son jouet et sa victime.

Un jour que M. de Brémont venait de sortir, en recommandant à Robert le Diable d'étudier sa leçon, Robert prit sa géographie, un de ces livres élémentaires, tout petits comme les têtes des enfants, qui ne peuvent pas contenir beaucoup de choses : on ne peut pas mettre beaucoup de liqueur dans une petite bouteille. Il ouvrait son li.

vre en bâillant, quand il lui vint tout à coup une idée qui le ranima.

— Tiens, se dit-il, si je faisais comme papa, quand il lit ses gros livres, si je m'installais dans son fauteuil de cuir, devant son bureau, je me ferais l'effet d'un grand monsieur, ce serait drôle.

Et comme les enfants aiment toujours à singer les grandes personnes, Robert se glissa dans le cabinet de son père, mit son petit livre sur le grand bureau et étudia sa leçon, d'un air grave.

Mais son esprit turbulent ne se posait pas plus longtemps sur une page qu'une mouche sur une feuille. Il s'interrompait à chaque instant pour jouer, pour sauter, pour regarder des images, puis craignant d'être grondé par son père, s'il ne savait pas sa leçon, il revenait se hisser sur le fauteuil et se remettait à étudier.

Cependant il commençait à s'ennuyer d'être là tout seul, et il appela de sa petite voix aiguë :

— Sylvain !... Sylvain !

Le groom arriva dans son négligé d'antichambre. Il agitait un plumeau comme un éventail ; il avait sur la joue quelques taches de cirage, ce qui le faisait ressembler vaguement à ces belles dames du temps de Louis XV qui se mettaient sur le visage des mouches de taffetas noir. Pour compléter ce gracieux négligé, sa petite veste se faisait remarquer par une large déchirure.

— Comme te voilà joli garçon ! dit Robert. Ta veste est toute déchirée.

— Ne faites pas attention, répondit le groom, c'est que j'ai grandi et grossi depuis qu'elle est faite ; de sorte que ce matin, en la mettant, je l'ai fait craquer. Monsieur a dit que c'était un effet d'*excroissance*.

— Ah ! comme tu parles ! répondit Robert en prenant un petit air précieux : on dit un effet de croissance. J'ai bien fait de t'appe-

ler ; je vais t'instruire : nous allons jouer au maître d'école.

Et Robert se mit en devoir de faire répéter au petit groom sa leçon de géographie. C'était un moyen de l'apprendre lui-même, qui lui plaisait infiniment plus qu'une étude calme et solitaire.

— Jeune élève, dit-il au groom, quels sont les départements de la France et leurs chefs-lieux ? ceux de l'ouest, par exemple ?

— Ah ! ça m'est ben égal, dit Sylvain.

— Répétez ce que je vais vous dire : Ille-et-Vilaine, Rennes.

— Reine, la cuisinière ? ah ! oui, elle est vilaine ! s'écria le groom.

— Ah ! jeune élève, que tu es nigaud, dit Robert en éclatant de rire. Voyons maintenant les départements du midi. Quel est le chef-lieu de la Dordogne ?

— Mais ça ne me regarde pas et ça ne me fait rien de rien.

— Je te l'ai appris il y a huit jours ; tu dois t'en souvenir.

— Pas du tout. Depuis huit jours, **il a** passé par là-dessus tant de coups de plumeau, tant de coups de balai, que c'est parti de la tête.

— Cherche donc.

— C'est pas la peine.

Mais Robert, qui n'était pas patient, s'irrita contre son élève, et s'écria en frappant du pied avec fureur :

— Périgueux !

Le groom jeta un cri et se précipita à l'autre bout de la pièce.

— Qu'as-tu donc ? dit Robert stupéfait.

— Mais je me sauve ; vous voulez me faire mal.

— Moi !

— Certainement ; vous m'avait dit *Péris gueux !*

— Oh ! jeune élève, que tu es bête ! dit Robert en riant à gorge déployée. Allons, reprit-il, la leçon a été assez longue ; c'est l'heure de la récréation, viens jouer.

Et les deux enfants se mirent à gambader dans la pièce.

— Tiens, vot'bossu qui est ici ! dit le groom en regardant dans un coin.

— Comment, mon bossu ?

— Eh ben oui, vot'polichinelle.

— Ah ! c'est que je l'ai apporté ici en même temps que mon livre ; il fallait bien se distraire un peu. Il est certain qu'il a deux bosses, comme le chameau ; elles ne sont pas placées tout à fait de même ; mais c'est égal, moi, j'ai retenu l'histoire du chameau en me disant que c'était le polichinelle du désert.

Ils jouèrent si bien avec le polichinelle qu'ils lui démanchèrent un bras et le décoiffèrent.

Robert alla s'asseoir dans un coin, avec ce pauvre blessé, et chercha à lui remettre le bras. Pendant ce temps, le groom continuait à fureter et à regarder les gravures de quelques livres, qui traînaient çà et là sur les meubles. Mais en remettant un livre sur le bureau, il murmura entre ses dents :

— Ah ! mon Dieu, qu'est ce que j'ai vu là ? Il prit un air soucieux et resta immobile devant le bureau, qu'il regarda avec attention.

— Voyons, dit Robert, au lieu de rester là et de me tourner le dos, tu ferais mieux de venir à côté de moi et de m'aider.

— Voyez-vous, mon jeune maître, répondit Sylvain, il vaut mieux me laisser ici faire mon ouvrage. Je m'aperçois que j'ai oublié ce matin d'épousseter, d'essuyer et de balayer ici. Ah ! sapristi, sur ce bureau surtout, il y a de la poussière comme sur une grande route. Si, en rentrant, vot'papa voyait les choses dans c't état là, il me bousculerait de la belle manière. Il dirait que je ne sais rien faire des bras que le bon Dieu m'a donnés.

— Ma foi, cela se pourrait bien, répondit Robert.

— Alors, continua Sylvain, sauf vot' respect, allez-vous-en, mon jeune maître ; je vas en faire danser de la poussière !... M'est avis que vous feriez bien de retourner près de vot' grand' maman.

Robert consentit avec peine à quitter son compagnon de jeu. Enfin il se retira et Sylvain resta seul.

Le groom était là depuis cinq minutes, quand la porte s'ouvrit brusquement ; c'était M. de Brémont qui rentrait chez lui.

— Comment c'est déjà monsieur ! dit Sylvain, en devenant cramoisi. Mais il y a une demi-heure à peine que monsieur est sorti, et il avait dit qu'il ne reviendrait que pour dîner.

— J'ai oublié quelque chose, répondit M. de Brémont, je reviens le chercher.

Il était sorti pour faire quelques emplettes importantes, et s'était aperçu en route qu'il avait oublié de mettre dans son portefeuille un billet de cinq cents francs, qu'il avait atteint avant de partir.

Il le chercha sur son bureau, où il se souvenait parfaitement de l'avoir laissé ; mais à son grand étonnement, ses recherches furent inutiles.

— Qui donc a dérangé mes papiers ? demanda-t-il à Sylvain : tout est en désordre sur ce bureau.

— Je vais vous dire, monsieur, balbutia Sylvain, c'est que j'ai regardé les livres d'images, et sans le vouloir, j'ai peut-être repoussé les papiers.

— Mais je ne t'ai pas pris à mon service pour regarder des images. Allons, va-t-en, et laisse-moi.

Sylvain sortit, et M. de Brémont, resté seul, souleva les papiers les uns après les autres, chercha et bouleversa tout sur le bureau ; il continua ses recherches jusque sur le tapis, mais le précieux billet fut introuvable.

— C'est étrange! se dit-il, je suis certain de l'avoir atteint et de l'avoir posé sur ce bureau, dans l'intention de le prendre sur moi en sortant. Puisqu'il a disparu, on me l'a donc volé... mais quel est le voleur?... Je suis sûr de mes domestiques, ils sont chez moi depuis longtemps... excepté le petit groom, qui n'est à mon service que depuis cinq ou six mois. Mais cela ne peut pas être, cet enfant... cependant il était seul ici, quand je suis rentré... il rougissait chaque fois que je lui parlais.

Il sonna et Sylvain parut. M. de Brémont, le regardant fixement, lui fit subir un interrogatoire.

— Aucun étranger, aucun ouvrier, n'est venu ici en mon absence? lui demanda-t-il.

— Non, monsieur, répondit Sylvain.

— Alors personne n'est entré dans cette pièce.

— Non, monsieur, excepté M. Robert et moi : il n'y avait pas cinq minutes qu'il m'avait quitté, quand vous êtes rentré.

— Pourquoi ne l'avais-tu pas suivi? A quel propos es-tu resté seul ici. Tu n'avais pourtant rien à faire dans cette pièce. Au milieu de la journée, l'appartement est fini depuis longtemps.

— C'est que... c'est que... balbutia l'enfant, en devenant d'un rouge de plus en plus vif... Oh! que monsieur me pardonne.

— Petit misérable! s'écria M. de Brémont, d'une voix tonnante; c'est toi qui m'as volé!

— Moi! s'écria l'enfant, qui restait devant lui immobile, bouleversé, pétrifié.

— Oui, toi. J'ai vu ton trouble, ta rougeur, quand je suis rentré. Pourtant je doutais encore ; mais tu viens d'avouer ton infamie, en t'écriant : « Que monsieur me pardonne. »

— Parce que je n'avais pas fait mon ouvrage ce matin, répondit Sylvain en pleu-

rant, je me dépêchais d'essuyer, d'épousseter, quand monsieur est revenu : alors je suis resté tout chose et tout bête. Comme monsieur me reproche toujours ma négligence, j'avais peur d'être grondé.

— Ah! tu veux nier maintenant! mais il est trop tard. Tu m'as pris, sur ce bureau, un billet de cinq cents francs.

— Si c'est Dieu possible que monsieur m'accuse! s'écria l'enfant. Monsieur voit bien que je n'ai rien à lui, continua-t-il en retournant ses poches, où il n'y avait qu'un petit sou, une toupie et un mouchoir de cotonnade.

— Oh! tu as eu le temps de cacher le billet. Tu n'es plus à mon service. Je te renvoie.

M. de Brémont élevait la voix, et Robert, qui jouait dans un autre pièce, l'entendit et accourut.

— Tu fais la grosse voix, papa, dit-il : tu grondes mon petit Sylvain ; pourquoi ?

— Ton petit Sylvain est un voleur, répondit M. de Brémont.

— Je suis un honnête garçon, dit Sylvain, suffoqué par les sanglots : le bon Dieu le sait bien.

— Sylvain est mon petit ami, reprit Robert, en pleurant aussi, et mon petit ami ne peut pas être un voleur.

— Allons, laisse-nous, Robert, dit M. de Brémont ; et toi, petit malheureux, va prendre tes effets et pars sur-le-champ.

Sylvain sortit en pleurant, puis reparut avec sa petit malle, et dit à M. de Brémont, au milieu de ses larmes :

— Monsieur verra plus tard que je suis innocent. Je suis paresseux, c'est vrai, mais je suis honnête. Mon pauvre petit maître, dit-il à Robert, je ne me consolerai pas de ne plus vous voir. Sauf vot' respect, je vous aimais comme un frère.

— Et moi aussi, répondit Robert. Tu ne partiras pas, je ne veux pas !

— Mais moi, je le veux, dit M. de Brémont, d'un ton qui n'admettait pas de réplique.

Robert, qui savait bien qu'il fallait toujour se résigner à obéir à son père, baissa la tête, et cacha dans ses mains son petit visage inondé de larmes.

— Adieu, Monsieur Robert, dit Sylvain.

Robert se jeta à son cou, l'enlaça de ses bras, et les deux enfants se mirent à pleurer!... Quand l'un avait fini, l'autre reprenait : c'était un véritable duo de larmes.

— Attends, dit tout à coup Robert, je ne veux pas que tu t'ennuies loin de moi. Tiens, voilà mes joujoux, mon tambour... et puis mon jeu de diable, qui fait tant de bruit et puis... attends encore.

Il courut prendre un autre jouet, qui traînait près de la bibliothèque, et dit au petit groom :

— Tiens, voilà mon polichinelle que tu trouves si beau.

— Merci bien, dit Sylvain, mais je n'ai pas le cœur à m'amuser : gardez vos beaux joujoux.

— Ah! mon Dieu! s'écria M. de Brémont, en regardant le polichinelle.

Il l'enleva des mains de Robert et poussa un cri.

— Allons, adieu... adieu, mon cher petit maître, dit Sylvain à Robert, en ouvrant la porte pour sortir.

— Tu ne partiras pas, mon enfant! dit tout à coup M. de Brémont au petit groom.

Robert jeta un cri de joie, Sylvain resta tout étourdi, et les domestiques, que cet événement du logis avait rassemblés, regardèrent M. de Brémont avec stupéfaction.

— Qui a fait ce chapeau de papier, pour le mettre au polichinelle? demanda-t-il.

— C'est moi, papa, dit Robert : il avait perdu son chapeau et ça le rendait très-laid.

— Où as-tu pris ce papier là?

— Sur ton bureau, tout à l'heure.

— Eh bien, ce papier, dit M. de Brémont avec la voix grave et sévère d'un juge, cela représente beaucoup d'argent : cela vaut cinq cents francs : c'est ce qu'on appelle un billet de banque, c'était ce billet que je cherchais, et j'accusais Sylvain de me l'avoir volé.

— Ah! mon Dieu! s'écrièrent à la fois Robert, Sylvain et les domestiques qui écoutaient.

— Je savais bien, moi, que j'étais innocent, s'écria Sylvain, mais monsieur ne le savait pas, voilà!... monsieur voit bien maintenant...

— Oui, mon pauvre Sylvain, répondit M. de Brémont, je t'ai accusé injustement ; je le reconnais devant tout le monde. — Robert, dit-il sévèrement à son fils, qui baissait la tête, tu es un enfant rebelle, désobéissant. On te dit de ne toucher à rien, et tu ne veux pas en croire la sagesse de tes parents : tu as failli mettre le feu à la maison, tu as fait prendre ce pauvre enfant pour un voleur ; j'aurais pu le faire mettre en prison, si je n'avais eu pitié de lui.

Robert, tout en larmes, demanda pardon à son père : mais M. de Brémont le repoussa et resta trois jours sans l'embrasser. Chose inouïe, qui ne s'était pas encore vue dans la maison, en apprenant ce qui s'était passé, la bisaïeule gronda Robert.

L'enfant eut un véritable désespoir et prit de grandes résolutions.

Pendant deux mois, il ne toucha plus à rien, et chacun dans la maison se disait avec étonnement, comme s'il s'agissait d'un grand événement :

— Vous ne savez pas? le petit Robert est devenu sage.

Séraphine, qui adorait son frère et ne craignait plus ses petites mains terribles, était toute joyeuse de pouvoir jouer avec lui, sans danger. On les voyait toujours ensemble : ils sautaient, ils babillaient, ils causaient la main dans la main, et Robert avait

soin de ne pas entraîner trop brusquement
sa petite sœur et de ne pas la faire tomber,
comme il en avait l'habitude auparavant.
Quelquefois ils s'asseyaient à côté l'un de
l'autre, sur des tabourets, au pied du fauteuil de la bisaïeule. Robert regardait sa
sœur d'un petit air protecteur, et la petite Séraphine levait sur lui ses yeux d'un
bleu si pur, qu'il semblait que le bon Dieu
y eût mis deux gouttes de l'azur du ciel. Ils
étaient si doux, si câlins, ces yeux-là, que
lorsqu'ils regardaient Robert, il en sentait
la caresse.

Robert devenait si tranquille dans ses jeux
que Séraphine se permettait quelquefois de
lui dire, avec sa petite voix d'oiseau :

— Veux-tu jouer à la poupée !

— Ma sœur, répondait Robert d'un ton
grave, je suis un homme, moi ; je ne joue
pas à la poupée... à moins que tu ne veuilles
la marier à Polichinelle.

Alors on faisait les noces. Séraphine met-
tait un voile à sa poupée, qui était une jolie
blondine, comme elle. Puis en regardant le
vilain mari qu'elle lui donnait, elle soupi-
rait, comme doit le faire toute mère qui
marie sa fille à Polichinelle.

En voyant que Robert le Diable était devenu un petit ange, M. de Brémont crut pouvoir, sans danger, s'absenter pendant huit
jours, pour un voyage d'affaires. Il venait de
préparer sa malle, et comme il allait dans
une campagne isolée, assez éloignée du village, il jugea prudent de prendre un pistolet. Il le chargea, le mit soigneusement dans
un étui de serge verte et le plaça dans sa
malle.

Il venait de quitter sa chambre, pour aller
chercher dans sa bibliothèque quelques livres qu'il voulait emporter, lorsque Robert,
qui courait toujours partout, entra chez son
père et vit la malle ouverte.

— Comme c'est drôle une malle, dit-il à
Sylvain, qui trottait sur ses talons, c'est comme une armoire qu'on emporte avec soi. Oh!
vois donc comme tous ces effets sont entas-
sés les uns sur les autres ; des cravates, du
linge, des habits ; il faut que je regarde
un peu tout cela, dit-il en avançant sa petite
main.

Évidemment, pour un enfant qui a l'habitude de toucher à tout, cette malle, remplie
de tant de choses diverses, était aussi ten-
tante qu'un parterre de fleurs pour une
abeille.

— Mon petit maître, dit Sylvain en le re-
tenant, il ne faut toucher à rien, voyez-vous.
Vot' papa ne serait pas content et prendrait,
pour vous gronder, sa grosse voix de *cen-*
taure.

— Où as-tu pris encore cette bêtise-là ?
demanda Robert.

— Sauf vot' respect, je l'ai entendu dire
à vot' papa.

— Papa a dit sa voix de Stentor. Je ne sais
pas ce que c'est ; mais enfin je l'ai entendu,
il a dit comme cela.

— Ah ! dame, répondit Sylvain, je sais
bien que souvent je comprends tout de travers ; aussi, à la cuisine, ils se moquent de
moi. Croiriez-vous qu'ils m'ont dit tout à
l'heure que là-bas, à la campagne, où monsieur va passer huit jours, il n'a qu'un
pied-à-terre. Je ne suis pas encore assez
bête pour croire ça. N'avoir qu'un pied à
terre, pendant huit jours, ce serait fati-
gant, tout d'même.

Malheureusement on appela le groom et
Robert resta seul, en tête-à-tête avec la
malle.

Pendant quelques instants, il fut tranquille et comme en contemplation devant
les divers objets, qu'il regardait curieusement.

Mais sa petite main s'agitait, un démon
la poussait pour bouleverser tout. Il tâchait
de ne pas céder à ce malin esprit ; mais sa
main s'avançait malgré lui, et il commença

à toucher aux objets du bout des doigts. En remuant ainsi les effets, il aperçut l'étui de serge verte; il le prit, en retira le pistolet et s'écria tout joyeux :

— Un pistolet ! un vrai pistolet de grande personne !

La fenêtre était ouverte et donnait sur le jardin. On était à la fin du mois de mai, il y avait dans le jardin un rideau de feuillage, et les arbustes formaient des massifs épais.

— Je saurais bien me servir de ce pistolet comme de mon petit fusil, se dit Robert; je sais tirer, moi, je suis un homme : j'irai plus tard à la bataille, comme les grands frères de mes petits amis.

Et tout en disant cela, il tournait et retournait le pistolet dans ses petites mains terribles.

— Ah ! bah ! s'écria-t-il tout à coup, l'œil brillant, l'air résolu, je vais essayer.

Et, posant le pouce sur le pistolet, Robert le Diable l'arma comme son petit fusil, puis il visa une branche d'arbre, qui s'élevait au milieu d'un massif de verdure.

On se souvient que le pistolet était chargé.

— Cette branche-là, s'écria Robert, c'est un Prussien; moi, je suis le Français... A bas le Prussien !

Il pressa le ressort et le coup partit.

Le tireur inhabile ne cassa pas la branche qui resta droite et fière et sembla le narguer; mais il paraît que la balle avait atteint un autre but, car un cri douloureux, un cri d'angoisse et d'agonie, se fit entendre dans le taillis.

Robert frissonna. Ce cri lui déchirait le cœur.

Il se fit un grand bruit dans la maison. M. de Brémont, Sylvain, les domestiques, tous les habitants du logis enfin, coururent dans le jardin, vers l'endroit d'où partait le cri.

Robert lui-même, dès qu'il fut remis de son premier effroi, courut de toutes ses forces vers le taillis, et là, au milieu des arbustes, il aperçut un petit corps gisant à terre, une petite robe blanche ensanglantée, un visage enfantin d'une pâleur livide : frémissant, éperdu, il reconnut sa pauvre petite sœur. Une raquette, tombée à ses côtés, annonçait que la balle l'avait frappée au milieu de ses jeux.

Les arbustes qui l'avaient masquée étaient grands et touffus, la pauvre enfant était toute petite, et elle n'avait pas été plus visible pour Robert qu'un petit oiseau dans le feuillage.

— Ma sœur !... ma sœur !... s'écria Robert en regardant avec désespoir ce pauvre petit corps ensanglanté, j'ai tué ma sœur !...

Alors, il aperçut un visage terrible, un regard où les larmes se mêlaient aux éclairs de fureur, et qui le fit frissonner. Cette figure vengeresse, c'était celle de son père.

— Ah ! c'est donc toi ! s'écria M. de Brémont, effrayant à voir. J'aurais dû m'en douter... Misérable enfant, tu es le meurtrier de ta sœur.

Toutes ces terribles émotions étaient trop fortes pour un petit être comme Robert. Il perdit connaissance et on l'emporta dans son lit. Quand il reprit ses sens, il avait le délire; une fièvre cérébrale s'était déclarée.

Pendant près de quinze jours, il ne reconnut personne. Il divaguait, il délirait. Sa joue était en feu, des frissons agitaient son petit corps, il regardait ceux qui l'entouraient d'un œil égaré, et, dans ses accès de fièvre, il disait sans cesse, avec une petite voix qui déchirait le cœur :

— Je sais bien ma leçon d'histoire sainte, moi, je vais la répéter.

« Comme ils étaient aux champs, continuait-il, Caïn tua son frère.

« Et le Seigneur dit au meurtrier : « Caïn « qu'as-tu fait de ton frère ? »

« Je suis le petit Caïn, moi, disait-il en frissonnant d'épouvante. J'ai tué Abel... non, il me semble que ce n'est pas Abel... Ah ! je m'en souviens, c'est ma petite sœur... qu'est-ce que j'en ai fait de ma sœur ? Oh ! je voudrais la voir !

Il ne comprenait pas ce qu'on lui répondait et répétait sans cesse :

— Je veux voir ma sœur !

Mais la pauvre petite Séraphine ne paraissait pas, et l'enfant, dont la fièvre redoublait, en ne voyant pas son désir satisfait, s'écriait en cachant sa pauvre petite tête sous les draps :

— J'ai peur ! vous ne voyez pas le bon Dieu qui me regarde... il va me punir !

Un jour, il se réveilla plus calme et dit avec un sourire d'ange :

— Je vais au paradis, je le vois qui s'ouvre... mais comme c'est loin ! Je ne pourrai jamais aller si haut que cela. Donnez-moi donc des ailes, comme aux petits anges des images... oh! que vous êtes lents! vous ne voyez donc pas que le bon Dieu m'attend et qu'il s'impatiente? — Que c'est beau le paradis... Ah! dit-il avec un cri de joie, j'y vois ma sœur! Oh! comme elle est belle! elle a une robe blanche, qui ressemble à un nuage. Elle me regarde : ses yeux sont caressants et me disent : « Je t'aime, mon petit frère. » Elle m'aime donc toujours... mais elle me fait signe de venir jouer avec elle... Je ne peux pas, petite sœur; on ne m'a pas apporté mes ailes... Ah! elle descend, elle vient me chercher, elle m'enlace de ses bras, elle caresse ma joue avec ses cheveux blonds... elle m'embrasse!

Par le fait, une tête blonde et charmante se penchait sur son front, et deux petites lèvres roses lui donnaient un baiser.

C'était la petite sœur qui s'était hissée sur une grande chaise, derrière le lit, et embrassait son frère.

— Ma sœur! ma sœur! dit Robert, qui la reconnut, et jeta un tel cri de bonheur qu'il vibra dans le cœur de tous ceux qui étaient là.

La vue de sa sœur le ramena au sentiment de la réalité; il chercha à rassembler ses idées qui s'étaient envolées, et qui revinrent peu à peu dans sa tête, comme des oiseaux privés dans leur cage.

— Ma sœur, dit-il (en retrouvant la mémoire d'une manière encore vague), vivante... mais je la croyais morte. Viens, sœur, viens, dit-il en l'attirant près de lui.

Dès qu'elle fut à sa portée, il la couvrit de baisers, et la serra de toutes ses forces dans ses bras.

— Ah! dit Séraphine avec un cri de douleur, tu me fais mal!

Il ne s'était pas aperçu qu'elle portait le bras en écharpe : la balle avait effleuré et ensanglanté son pauvre petit bras; sa blessure, sans être dangereuse, avait exigé de grands soins, et elle se levait pour la première fois.

— Ah! je n'avais pas vu, reprit Robert, tu as mal au bras... tu t'es blessée? Mon Dieu! reprit-il tout à coup, en retrouvant ses souvenirs, c'est moi qui t'ai blessée!

Il tremblait, il pleurait, son agitation et sa fièvre revenaient.

On parvint à le calmer. Séraphine, qui revint tous les jours près de lui, acheva de lui rendre la raison. La bisaïeule qui avait été bien embarrassée avec ses deux petits malades, et faisait rouler son fauteuil d'une chambre à l'autre, le fit pousser définitivement dans la chambre de Robert, dès que Séraphine fut guérie.

Le petit Robert qui avait à côté de son lit son ange et sa sainte, les soins et la tendresse de son père, revint bientôt à la vie, à la santé et surtout à la sagesse; car la leçon avait été effrayante. Il devint même un peu poltron, et avant de toucher aux objets dont il croyait devoir se méfier, il demandait tout de suite s'il y avait du danger. Il avait compris que la raison doit guider la main et que, pour se conduire lui-même, il devait attendre que sa petite raison devînt grande. Car, voyez-vous, mes petits amis, les enfants peuvent faire bien du mal sans le savoir : quand ils agissent selon leurs caprices, sans écouter les conseils des grandes personnes, leurs petites mains innocentes peuvent devenir de petites mains terribles.

ANAÏS SÉGALAS.

PARIS — IMP. SIMON RAÇON ET COMP., RUE D'ERFURTH, 1